LES TUNIQUES B

UN CHARIOT DANS L'OUEST

SCÉNARIO: RAOUL CAUVIN
DESSINS: LOUIS SALVÉRIUS

DUPUIS

I.S.B.N. - 2 - 8001 - 0255-1

DUPUIS

MARCINELLE-CHARLEROI / PARIS / MONTREAL / BRUXELLES / SITTARD

IIIIYA YAAAAA HAYIIA HAAA HAYA
1A
QU'EST-CE QUE C'EST, CAPORAL BLUTCH?
UN COLLÈGUE POURSUIVI PAR DES INDIENS, SERGENT!
IL A DES CHANCES DE S'EN TIRER?
ÇA M'ÉTONNERAIT! ILS LUI COLLENT DRÔLEMENT LE TRAIN!
ÇA M'A L'AIR SÉRIEUX!
FAUDRAIT PEUT-ÊTRE INTERVENIR! QU'EN PENSEZ-VOUS, SERGENT?
APPRENEZ, BRYAN, QU'UN SERGENT DE LA CAVALERIE DES ÉTATS-UNIS NE PENSE JAMAIS! IL AGIT! EN SELLE TOUT LE MONDE, ET QUE ÇA SAUTE!!!
Salvérius + Cauvin
1B

PAW
UGH! D'AUTRES TUNIQUES BLEUES!
QUE DÉCIDE MON FRÈRE OEIL DE CYCLOPE ?
TON FRÈRE OEIL DE CYCLOPE A DÉCIDÉ QUE LA TUNIQUE BLEUE NE LUI ÉCHAPPERAIT PAS, ET ELLE NE M'ÉCHAPPERA PAS! J'AI DIT!
PAW
2A
HO! ILS L'ONT EU!
ALORS, ON PEUT RETOURNER FAIRE LA SIESTE?
QUE MOLLET DE CRICRI S'ASSURE QU'IL A BIEN REJOINT LE GRAND ESPRIT!
PAW
OUAÏE
LES TUNIQUES BLEUES ARRIVENT. IL EST TEMPS DE PARTIR!
OEIL DE CYCLOPE A BIEN PARLÉ! OUIE OUIE OUIE!
Salvérius + Cauvin
2B

ON LES POURSUIT AUSSI, SERGENT ?
JE M'EN CHARGE ! OCCUPEZ-VOUS DU BLESSÉ !
ÇA IRA ?
OUAIP ! MAIS C'EST DU TOUT JUSTE ! FAUT LE RAMENER AU FORT, ET VITE !
PENDANT CE TEMPS...
ICI ! REVENEZ, BANDE DE LÂCHES ! MINUS ! POLYGAMES !
ÇA Y EST ! LE SERGENT DOIT LES AVOIR RATTRAPÉS !
TANT PIS POUR LUI ! ALLONS-Y, LES GARS. IL FAUT ÊTRE RENTRÉS AVANT LA NUIT !
PAW PAW PAW PAW PAW
HÉÉÉÉÉÉÉÉÉÉÉ ! ATTENDEZ-MOI !
CATACLOP CATACLOP CATACLOP
ALORS, SERGENT, VOUS LES AVEZ EUS ?
JE N'AIME PAS VOTRE SOURIRE SARCASTIQUE, TRIPPS !
ET LE SOIR TOMBANT
MON COMMANDANT, LA PATROUILLE EST DE RETOUR !
HA ? BON ! QUE LE SERGENT VIENNE ME PRÉSENTER SON RAPPORT AU PLUS TÔT !
Salvérius + Cauvin

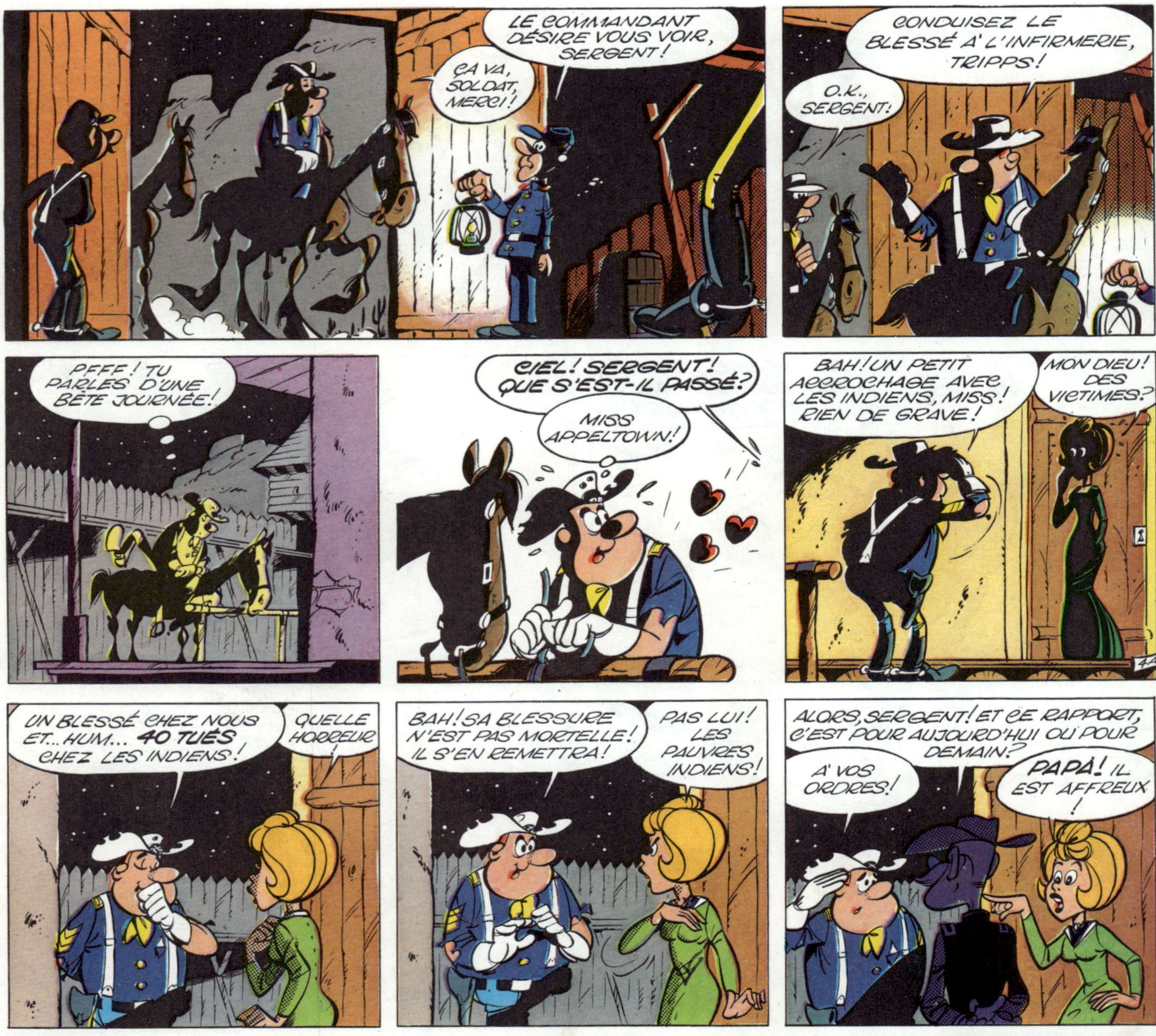
LE COMMANDANT DÉSIRE VOUS VOIR, SERGENT!
ÇA VA, SOLDAT, MERCI!
CONDUISEZ LE BLESSÉ À L'INFIRMERIE, TRIPPS!
O.K., SERGENT!
PFFF! TU PARLES D'UNE BÊTE JOURNÉE!
CIEL! SERGENT! QUE S'EST-IL PASSÉ?
MISS APPELTOWN!
BAH! UN PETIT ACCROCHAGE AVEC LES INDIENS, MISS! RIEN DE GRAVE!
MON DIEU! DES VICTIMES?
UN BLESSÉ CHEZ NOUS ET... HUM... 40 TUÉS CHEZ LES INDIENS!
QUELLE HORREUR!
BAH! SA BLESSURE N'EST PAS MORTELLE! IL S'EN REMETTRA!
PAS LUI! LES PAUVRES INDIENS!
ALORS, SERGENT! ET CE RAPPORT, C'EST POUR AUJOURD'HUI OU POUR DEMAIN?
À VOS ORDRES!
PAPA! IL EST AFFREUX!
IL A MASSACRÉ 40 INDIENS, LE MONSTRE!
HA? PARCE QUE C'EST À MA FILLE QUE VOUS FAITES VOTRE RAPPORT, À PRÉSENT? BRAVO! ON AURA TOUT VU!
VA TE REPOSER, MA CHÉRIE! JE VAIS M'OCCUPER DE CE TERRIBLE TUEUR D'INDIENS!
AÏE! AÏE!
Salverius + Cauvin

HO? BONSOIR, MISS APPELTOWN!
?
AH, VOUS!!!! NE M'ADRESSEZ PLUS LA PAROLE! BOUCHER! TUEUR D'INDIENS!
MOI? TUEUR D'INDIENS? MAIS JE VOUS JURE... JE... JE...
C'EST ÇA, CAPORAL! RACONTEZ-MOI TOUT! JE VEUX TOUT SAVOIR! ASSASSIN!
PENDANT CE TEMPS...
AINSI, VOUS AVEZ INVENTÉ CETTE HISTOIRE DE MASSACRE POUR REHAUSSER VOTRE PRESTIGE! FRANCHEMENT, SERGENT, JE ME DEMANDE SI JE VAIS VOUS ENVOYER AU PELOTON D'EXÉCUTION OU VOUS LIVRER PIEDS ET POINGS LIÉS AUX 40 VICTIMES DE VOTRE IMAGINATION MALADIVE!
OU VOUS FAIRE PIÉTINER PAR LA CAVALERIE!
J'HÉSITE! J'HÉSITE!
AU MOINS, LE BLESSÉ EXISTE, LUI! C'EST DÉJÀ ÇA! ALLONS LE VOIR, SERGENT! NOUS RÉGLERONS NOS COMPTES APRÈS!
OUI, MON COMMANDANT!
5A
TIENS! TE REVOILÀ, MA CHÉRIE! QUE VEUX-TU?
CECI, PAPA!
CLAC
MENTEUR! GOUJAT!
RECLAC
MUFLE! GROSSIER!
ET CRAC
HUMF!
ALORS, SERGENT! ET CE BLESSÉ?
JE... JE VOUS SUIS, MON COMMANDANT!
Salvérius + Cauvin
5B

MON COMMANDANT... JE... IL FAUT QUE JE VOUS PARLE...
JE VOUS ÉCOUTE, MON AMI !
J'APPARTIENS À LA GARNISON DE FORT DEFIANCE... ILS SONT À BOUT... MON COMMANDANT ! PLUS... DE MUNITIONS...
DU CALME, MON VIEUX !
FORT DEFIANCE EST UN DE NOS PRINCIPAUX AVANT-POSTES. C'EST GRAVE, SERGENT ! SUIVEZ-MOI !
...LES COPAINS... FAUT LES SAUVER...
DEMAIN, À LA PREMIÈRE HEURE, VOUS CHARGEREZ UN CHARIOT D'ARMES ET DE MUNITIONS !
LA RÉGION EST INFESTÉE D'INDIENS ! CELUI QUI CONDUIRA CET ATTELAGE LÀ-BAS N'A PAS LA MOINDRE CHANCE DE REVENIR !
HOSPITAL
JE NE ME FAIS PAS D'ILLUSIONS, SERGENT ! JE SUIS CERTAIN QUE VOUS REVIENDREZ ! BONSOIR !
64
LE LENDEMAIN, AUX PREMIÈRES LUEURS DE L'AUBE...
BLUTCH ! TRIPPS ! BRYAN ! DEBOUT !
QUELQUES MINUTES PLUS TARD...
U S
AMMUNITION
U.S. ARMY
RIFLES
AU CAS OÙ VOUS RÉUSSIRIEZ, SERGENT, J'OUBLIERAIS BIEN DES CHOSES !
MERCI...
AH ! UN DÉTAIL IMPORTANT ! EN AUCUN CAS, CE CHARIOT NE DOIT TOMBER AUX MAINS DES INDIENS !
J'Y VEILLERAI, MON COMMANDANT !
COMPTEZ SUR MOI...
AU BESOIN, FAITES-LE SAUTER !
ET S'IL LE FAUT, VOUS AVEC ! BONNE CHANCE, SERGENT !
SALVÉRIUS + CAUVIN
68

DEUX HEURES PLUS TARD...
HEP! VENEZ VOIR! UN CHARIOT DE MUNITIONS ESCORTÉ PAR DES TUNIQUES BLEUES!
COMMENT MON FRÈRE SAIT-IL QU'IL S'AGIT DE MUNITIONS?
PARCE QUE C'EST ÉCRIT DESSUS!
C'EST UNE RUSE POUR NOUS ÉGARER. LES TUNIQUES BLEUES NOUS PRENNENT POUR DES IDIOTS!
CAPORAL BLUTCH!
OUI, SERGENT?
QU'EST-CE QUE C'EST QUE ÇA?
BEN... L'INSCRIPTION RÉGLEMENTAIRE QUI DOIT FIGURER DE CHAQUE CÔTÉ DE LA BÂCHE. POURQUOI? ÇA NE SE VOIT PAS?
JUSTEMENT SI! TRIPLE BUSE! ET LES INDIENS NE SONT PAS SOURDS! EFFACEZ-MOI CES GRAFFITI AVANT QU'ILS NE S'EN APERÇOIVENT!
UGH! ILS EFFACENT LES SIGNES QUI SONT SUR LA TOILE!
ALORS, MON FRÈRE AVAIT RAISON! CE CHARIOT EST BOURRÉ DE MUNITIONS!
SALVÉRIUS + CAUVIN

QUE DÉCIDE MON FRÈRE PETIT LOUP?
IL FAUT AVERTIR NOTRE CHEF OEIL DE CYCLOPE. IL NOUS CONSEILLERA!
EN CE CAS, JE SUGGÈRE DE GRIMPER AU SOMMET DE LA FALAISE. NOUS Y SERONS MIEUX.
ET BIENTÔT...
CETTE FOIS, MON FRÈRE EST EN LIGNE!
BON! COMMENCONS! HEU...
SOYEZ BREF, CLAIR ET PRÉCIS.
ÇA AVANCE, CAPORAL?
ÇA VA PAS, SERGENT. C'EST IMPRIMÉ SUR LA TOILE! MAIS J'AI UN MOYEN RADICAL!
HÉ! ARRÊTEZ VOTRE PETIT JEU. NOUS SOMMES REPÉRÉS!
C'ÉTAIT QUOI, VOTRE MOYEN RADICAL, CAPORAL BLUTCH?
84
QUE FAIT-ON, SERGENT?
ENLEVER LA BÂCHE, SERGENT!
ON CONTINUE!
... ATTENDONS RÉPONSE-STOP-GROS BAISERS-STOP-PETIT LOUP!
PE...TIT...LOUP! TERMINÉ!
ALLEZ, EN AVANT! QUE CELUI QUI M'AIME ME SUIVE!
TIENS, C'EST CURIEUX! IL Y A UNE TUNIQUE BLEUE QUI S'EN VA, TOUTE SEULE!
UGH! VOICI DÉJÀ LA RÉPONSE!
SALVÉRIUS + CAUVIN
88

DOIS-JE CONSIDÉRER CECI COMME UN MANQUE D'AFFECTION ENVERS VOTRE SERGENT ?
BON ! DANS CE CAS...
?
...J'IRAI SEUL !
HORS DE MA VUE, MISÉRABLE LÂCHE !
VOUS AUREZ TOUS MON SCALP SUR LA CONSCIENCE !
BÊÊÊK !
HUE !
IL A UN SALE CARACTÈRE, MAIS IL A DU CRAN !
OUAIP ! IL EST AUSSI COURAGEUX QUE BÊTE. DANS LE FOND, ON NE PEUT PAS LE LAISSER TOMBER !
ALORS ? ON Y VA ?
OUAIP ! MAIS PAS TROP VITE ! IL EST ENCORE FICHU DE CROIRE QU'ON LE CONSIDÈRE COMME UN PÈRE !
HÉHÉ !
US
AMMUNITION
PENDANT CE TEMPS...
... ÉLIMINEZ L'ESCORTE ! EMPAREZ-VOUS DU CHARIOT ! SIGNÉ : OEIL DE CYCLOPE !
98

AUX CHEVAUX, MES FRÈRES! IL NOUS FAUT LE CHARIOT, ET NOUS L'AURONS!
REGARDEZ, SERGENT!
ILS SONT DÉJÀ LÀ!!!
ILS NE SONT QUE TROIS! À MON AVIS, SERGENT, ON DEVRAIT FONCER DEDANS!
JE ME FICHE DE VOTRE AVIS, BLUTCH, VOUS RAISONNEZ COMME LE PLUS BÊTE DES CAPORAUX DE LA CAVALERIE DES ETATS-UNIS!
ALORS? QU'EST-CE QU'ON FAIT?
ON FONCE DEDANS! YAAAAAP!
NE VOUS ARRÊTEZ SOUS AUCUN PRÉTEXTE! FONCEZ! YAAAAAAA!
?
YAAAAA!
HAAAA

AGNN
HAN
CLOP
AÏE
?
HÉ BIEN! JE SUIS FRAIS!
COUIC!
YIPEEE! ILS NE NOUS POURSUIVENT PAS! ON PEUT RALENTIR, SERGENT!
HÉ! SERGENT!
LE LÂCHE! IL NOUS A LAISSÉS TOMBER!
LES LÂCHES! ILS M'ONT LAISSÉ TOMBER!
CRAC

PFIOUW! IL S'EN EST FALLU D'UN QUART DE POIL DE MOLLET DE FOURMI!
ALORS, TU PARIES?
BON! TENU! 50 DOLLARS!
HÉ! ATTENDEZ!
TROP TARD, BLUTCH! T'AS PERDU! IL EST TOUJOURS EN VIE!
HEHOOOOO
...20...30...40 ET 50! CONTENT DE VOUS REVOIR, SERGENT! ON COMMENÇAIT À S'INQUIÉTER, SURTOUT LE CAPORAL!
C'EST VRAI, BLUTCH?
MOI? HEU... HÉHÉ! OUI, SERGENT.
MIS À PART VOTRE BÊTE FACIÈS ET VOS YEUX GLAUQUES, VOUS AVEZ UN COEUR D'OR!
MERCI, SERGENT. HÉHÉ!
ET MAINTENANT, AU GALOP!
AMMUNITION
HIIHIHIIIIHI
C'EST ENCORE LOIN, FORT DEFIANCE, SERGENT?
JE NE PARLE PAS, MOI! JE GALOPE. FAITES COMME MOI, BRYAN, ET FERMEZ-LÀ!
SALVÉRIUS + CAUVIN 12B

ALORS, ET CETTE COMMUNICATION, ÇA VIENT ?
IMPOSSIBLE ! QUE MON FRÈRE REGARDE. TOUTES LES LIGNES SONT OCCUPÉES !
ALORS IL FAUT RETOURNER À FORT DEFIANCE PRÉVENIR ŒIL DE CYCLOPE !
NOM D'UN BISON ! QUAND IL VA APPRENDRE MON ÉCHEC, ÇA VA ÊTRE MA FÊTE !
13A
STOP ! EN PRINCIPE, LE FORT DOIT SE TROUVER JUSTE DERRIÈRE CES COLLINES !
HA ?
JE NE VOIS PAS DE GUETTEURS INDIENS. JE N'AI PAS L'IMPRESSION QU'ILS NOUS ATTENDENT. NOUS ALLONS PROFITER DE L'EFFET DE SURPRISE !
À PROPOS, SI NOUS NE RÉUSSISSONS PAS À PASSER, J'AI ORDRE DE TIRER DANS LE CHARIOT !
MAIS... TOUT VA SAUTER !
U S
NATURELLEMENT, SUAVE SAUCISSE. ET LE CONDUCTEUR PAR LA MÊME OCCASION. NOUS ALLONS TIRER À LA COURTE PAILLE POUR CONNAÎTRE CE HÉROS ! ENSUITE, ON SE REMET EN ROUTE ! O.K. ?
EUH !
HUM !
ET PEU APRÈS...
EN AVANT !
SALVERIUS + CALVIN
13B

?
RENGAINEZ VOTRE REVOLVER, TRIPPS ! VOUS ME TAPEZ SUR LES NERFS !
ON NE SAIT JAMAIS, SERGENT ! QUELQUEFOIS QUE LES INDIENS ATTAQUERAIENT COMME ÇA, TOUT D'UN COUP !
JE ME DEMANDE SI NOUS N'ARRIVONS PAS TROP TARD !
OUAIP ! ÇA M'A L'AIR DRÔLEMENT CALME !
14A
MON FRÈRE PETIT LOUP A ÉCHOUÉ LAMENTABLEMENT ! GRÂCE À LUI, NOUS DEVONS RECOMMENCER LE SIÈGE DE CE FORT QUE NOUS VENIONS DE PRENDRE ! MON FRÈRE N'EST QU'UNE SQUAW, UNE TÊTE FOLLE, UN MOU, UN... UN...
UN ABRUTI, PEUT-ÊTRE ? HÉ ! HÉ !
ALORS, QUOI ! ON NE RENTRE PLUS À LA MAISON ?
14B
SALVÉRIUS + CAUVIN

TROP TARD! LES INDIENS ONT FAIT DU BEAU BOULOT!
OUAIP! C'EST PLUS UN FORT, C'EST UN MONUMENT HISTORIQUE!
U.S. GO HOME!
NOUS ALLONS OBSERVER UNE MINUTE DE SILENCE POUR TOUS...
PSST! MESSIEURS...
HOULOULOU YAAAAAAA HOULOULOU!
...LES INDIENS!
TRIPPS! AVANCE LE CHARIOT! VITE!
15A
PAR GUERRIER QUI TOMBE, MON FRÈRE REÇOIT UNE BAFFE!
UGH! QUE LE GRAND ESPRIT LES PROTÈGE!
PAW PAW PAW PAW
HOULOULOULOULOUHOULOULOULOULOULOULOU
CHANGEZ!
?
TOUJOURS DANS LE MÊME SENS, ÇA LES REND MALADES!
HA?
HOULOULOULOULOULOU
? ? ? ?
SALVÉRIUS + CALVIN
15B

LES INDIENS M'ÉTONNERONT TOUJOURS!
NE VOUS CREUSEZ PAS LA CERVELLE, BRYAN! NOUS NE SOMMES PAS ICI POUR ÇA!
CE NE SONT PAS LES CIBLES QUI MANQUENT...
C'EST BIEN CE QUI M'INQUIÈTE!
MAIS... HÉ! REGARDEZ! ILS ROMPENT LE COMBAT! ILS ABANDONNENT!
OUAIP! JUSQU'À DEMAIN MATIN! ILS DÉTESTENT SE BATTRE LA NUIT!
J'AI L'IMPRESSION QUE DEMAIN CE SERA L'APOTHÉOSE!
UN PEU PLUS TARD...
BLUTCH, FAITES-MOI DU CAFÉ!
AVEC QUOI, SERGENT? ILS ONT PILLÉ LA CANTINE!
16A
DÉBROUILLEZ-VOUS, MON VIEUX! J'EN AI BESOIN POUR RÉFLÉCHIR!
BON! BON! ÇA VA!
QU'EST-CE QU'IL FAIT?
IL PENSE!
ON AURA TOUT VU!
ÇA Y EST! J'AI TROUVÉ!
AÏE! AÏE!
IL FAUT QUE L'UN D'ENTRE NOUS RETOURNE À FORT BOW CHERCHER DU RENFORT!
SÛR QUE LES INDIENS LUI FERONT UNE HAIE D'HONNEUR À SA SORTIE!
EUH... ÇA VA, BLUTCH?
HEIN? AH, NON! NONON! PAS MOI! ÇA, JAMAIS!! JE NE SUIS PAS FOU À CE POINT-LÀ!
16B

JUSTEMENT! VOUS ALLEZ LE DEVENIR!
MAIS... IL EST DINGUE!
SLURP
ÉCOUTEZ-MOI, IDIOT! SI VOUS RÉUSSISSEZ À VOUS FAIRE PASSER POUR FOU, LES INDIENS VOUS CROIRONT HABITÉ PAR LES ESPRITS, ET VOUS AUREZ DEUX CHANCES SUR DIX POUR QU'ILS NE VOUS TIRENT PAS DESSUS!
JE REFUSE!
JE M'Y ATTENDAIS! TRIPPS! BRYAN! VENEZ ME DONNER UN COUP DE MAIN!
HÉ! NON!
ET BIENTÔT...
FORT
NCE
MAIS DONNEZ-MOI AU MOINS UN REVOLVER!
VOUS AVEZ DÉJÀ VU UN FOU ARMÉ?
OUAIS! SURTOUT EN UNIFORME! ET PUISQU'IL Y A HUIT CHANCES SUR DIX POUR QUE J'Y RESTE, PERMETTEZ QUE JE VOUS DISE UNE CHOSE, SERGENT! VOTRE CAFÉ, VOUS NE DEVINEREZ JAMAIS AVEC QUOI JE L'AI FAIT! HÉHÉ!
174
ALLONS, SERGENT! CALMEZ-VOUS! NE LUI GÂCHEZ PAS LES DEUX CHANCES QUI LUI RESTENT!
HÉHÉHÉ!
OUAIP! VOUS AVEZ RAISON! MAIS IL NE PERD RIEN POUR ATTENDRE!
TROULALA POURVU QUE ÇA MARCHE... PAM PAM...
SALVÉRIUS & CAUVIN
178

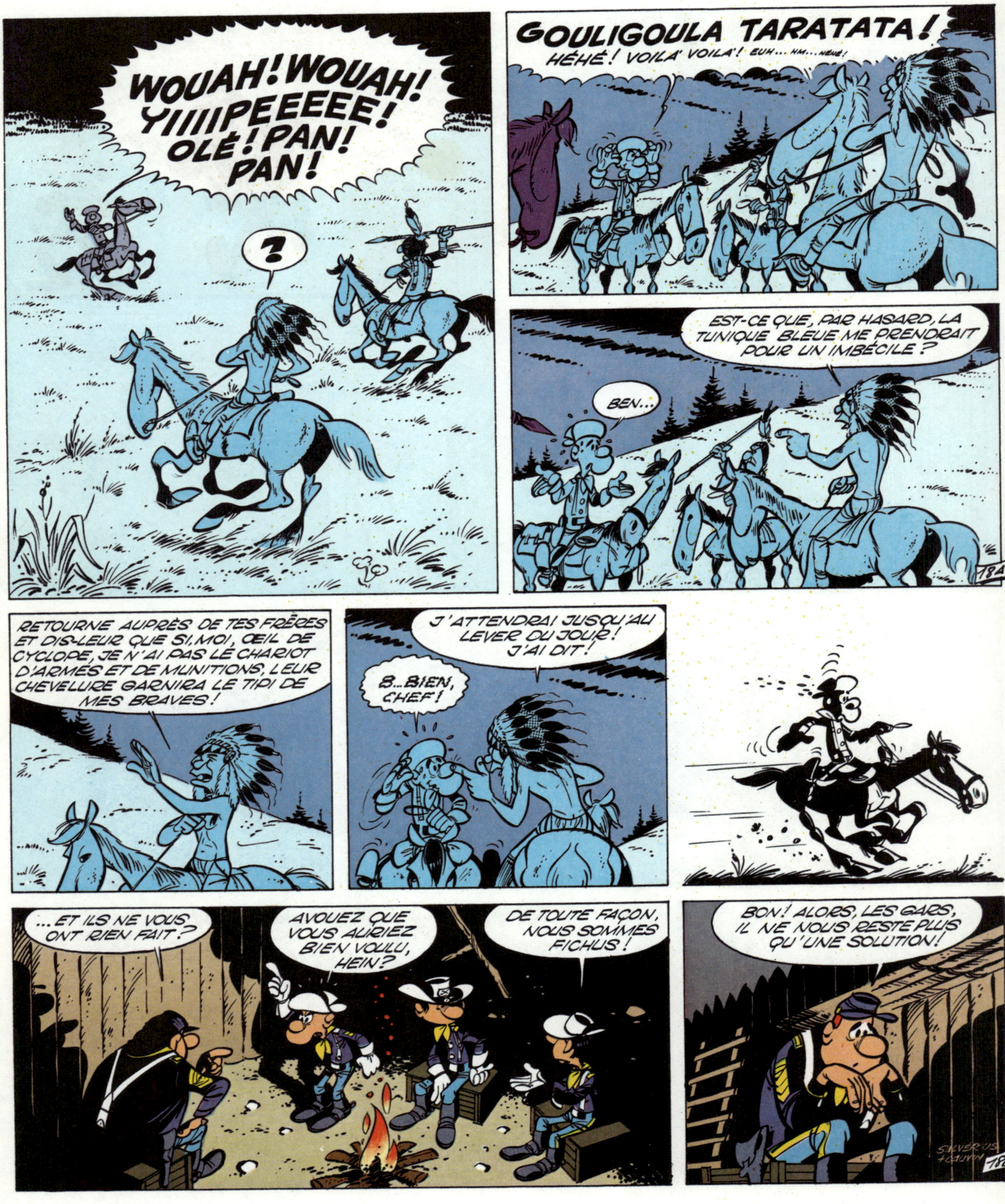
WOUAH! WOUAH! YIIIIPEEEEE! OLÉ! PAN! PAN!
?
GOULIGOULA TARATATA!
HÉHÉ! VOILÀ VOILÀ! EUH... HM... HÉHÉ!
EST-CE QUE, PAR HASARD, LA TUNIQUE BLEUE ME PRENDRAIT POUR UN IMBÉCILE?
BEN...
18A
RETOURNE AUPRÈS DE TES FRÈRES ET DIS-LEUR QUE SI, MOI, ŒIL DE CYCLOPE, JE N'AI PAS LE CHARIOT D'ARMES ET DE MUNITIONS, LEUR CHEVELURE GARNIRA LE TIPI DE MES BRAVES!
J'ATTENDRAI JUSQU'AU LEVER DU JOUR! J'AI DIT!
B... BIEN, CHEF!
... ET ILS NE VOUS ONT RIEN FAIT?
AVOUEZ QUE VOUS AURIEZ BIEN VOULU, HEIN?
DE TOUTE FAÇON, NOUS SOMMES FICHUS!
BON! ALORS, LES GARS, IL NE NOUS RESTE PLUS QU'UNE SOLUTION!
18B

ET LORSQUE LE SOLEIL SE LEVA SUR LA PRAIRIE...
TOUT EST PRÊT, TRIPPS?
TOUT EST O.K., SERGENT!
C'EST BON! ALLUMEZ LA MÈCHE, BRYAN! ILS NE TARDERONT PAS À ATTAQUER!
BIEN, SERGENT!
NITION
AU MOINS, LES MUNITIONS NE TOMBERONT PAS ENTRE LEURS MAINS!
SERGENT, C'EST... LA FIN?
HÉLAS! JE LE CRAINS, MON PETIT! DANS UNE HEURE... DEUX TOUT AU PLUS; NOUS SERONS TOUS... CROUIC!
SERGENT, VOUS AVEZ TOUJOURS ÉTÉ TRÈS DÉSAGRÉABLE AVEC MOI. MAIS... AVANT D'Y PASSER, JE TIENS À VOUS LE DIRE. JE... JE VOUS PARDONNE.
BLUTCH!
CORNÉLIUS!
?
U S
AMMUNITION
PSCHH
HÉ! REGARDEZ!
?
?
RYE WHISKY, RYE WHISKY SI LA MER ÉTAIT DU WHISKY ET SI J'ÉTAIS UN CANARD...
SALVÉRIUS + CAUVIN

COMMENT A-T-IL PU PASSER LES LIGNES INDIENNES ?
ÇA, JE ME LE DEMANDE !
MINCE ! QU'EST-CE QU'IL TIENT !
...JUSQU'AU FOND JE PLONGERAIS...
SOUPIR !
BLUTCH, ALLEZ ME CUEILLIR CET IVROGNE
...ET JAMAIS JE NE REMONTERAIS.
O.K., SERGENT !
ET PEU APRÈS...
QU'Y A-T-IL DANS CE SAC ?
DES PEAUX !
D'OÙ VIENNENT-ELLES ?
DE CHEZ LES INDIENS, MON GARS !
LA MEILLEURE AFFAIRE DE L'ANNÉE ! CENT BELLES PEAUX... OUAIP, SOLDAT ! UN BEAU TROC !
CONTRE QUOI LES AS-TU ÉCHANGÉES ?
BOF ! CONTRE UN CHARIOT D'ARMES ET DE MUNITIONS QUE J'AVAIS VOLÉ !
QUOI !
U S
AMMUNITION
PSCH
ÇA NE M'ÉTONNE PLUS QUE LES INDIENS SONT PARTIS ! ILS ONT CE QU'ILS VOULAIENT ?!!
ET LE CHARIOT, À QUI TU L'AS VOLÉ, DIS ?
À... À FORT BOW ! VOUS VOYEZ BIEN QUE CE N'EST PAS LE VÔTRE !
À PROPOS, ON LE LAISSE TOUJOURS SAUTER ?
QUOI ? NOOOOOON ! ÉTEIGNEZ CETTE MÈCHE, TAS DE CRÉTINS !
BROM
PET
PAF
PETS
BAOM

MES PEAUX !
LE CHARIOT !
C'EST HORRIBLE !
APRÈS UN COUP AUSSI FUMANT, JE PROPOSE QU'ON LE FASSE FUSILLER !
TU PARLES ! QUAND LE COMMANDANT VA APPRENDRE ÇA, ÇA VA FAIRE DES ÉTINCELLES !
21A
A' MON AVIS, SERGENT, ON DEVRAIT REPRENDRE L'AUTRE CHARIOT AUX INDIENS !
CE N'EST PAS UNE MAUVAISE IDÉE !
OUAIP ! MAIS QUE DIRA LE COMMANDANT QUAND IL VERRA LE FORT DÉSERTÉ ET LE CHARIOT EN MIETTES ?
ON PEUT LAISSER QUELQU'UN ICI POUR LUI EXPLIQUER !
AMMUNI
APPORTEZ-MOI DU PAPIER ET UN CRAYON, BRYAN !
O.K., SERGENT !
CLOP CLOP CLOP
?
AU COMMANDANT
SALVÉRIUS + CAUVIN
21B

REGARDEZ, SERGENT ! LES TRACES SE DIRIGENT VERS LES MONTAGNES !
LE CHARIOT DOIT LES RETARDER. NOUS LES AURONS VITE REJOINTS !
JE ME DEMANDE SI LE COMMANDANT EST DÉJÀ AU COURANT !
TAISEZ-VOUS, BLUTCH ! VOUS ME DONNEZ DES FRISSONS.
...mais rien n'est perdu ! Nous allons tenter de reprendre le chariot aux Indiens. Recevez, mon cher Commandant, les marques de ma considération distinguée.
ET C'EST SIGNÉ : Sgt C. Chesterfield
HA ! IL Y A UN POST-SCRIPTUM : "Je vous laisse le prisonnier !"
22A
VOUS DIREZ À MA FILLE QU'UN PETIT CONTRETEMPS, NOMMÉ CORNÉLIUS CHESTERFIELD, M'OBLIGE À PROLONGER MA MISSION. ELLE COMPRENDRA !
À VOS ORDRES, MON COMMANDANT !
22B
SALVÉRIUS + CAUVIN

PENDANT CE TEMPS...
ÇA Y EST ! NOUS AVONS PERDU LEURS TRACES !
PAS ÉTONNANT ! AVEC CE TERRAIN ROCAILLEUX !
RIEN N'EST PERDU ! DISPERSEZ-VOUS DANS LA MONTAGNE ! CELUI QUI RETROUVE LA MOINDRE TRACE TIRE TROIS COUPS DE FEU EN L'AIR. COMPRIS ?
COMPRIS, SERGENT !
JE VOUS ATTENDRAI ICI !
ET SI ON NE TROUVE RIEN, SERGENT ?
ALORS, UN BON CONSEIL, BLUTCH ! DÉSERTEZ !
23A
ET LES HEURES PASSENT...
ALORS ?
RIEN !
ON JURERAIT QU'ILS SE SONT VOLATILISÉS !
FAUT PAS DÉSESPÉRER, SERGENT ! PEUT-ÊTRE QUE BLUTCH...
LUI ? PFF... VOUS CROYEZ AUX MIRACLES, VOUS ?
PAW PAW PAW PAW PAW PAW PAW PAW PAW PAW PAW PAW
SALVÉRIUS + CAUVIN
23B

HÉ, LES GARS!
BLUTCH! MAIS OÙ SONT-ILS?
QUI ÇA?
MAIS... LES INDIENS, BOUGRE D'AHURI!
J'EN SAIS RIEN, MOI! J'AI ENTENDU DES COUPS DE FEU, ET JE SUIS ACCOURU!
MAIS ALORS?
?
ÇA SEMBLAIT VENIR DE CE CÔTÉ-LÀ!
ALLONS-Y!
24A
JE ME DEMANDE QUI A PU TIRER!
NOUS LE SAURONS BIENTÔT!
LES VOILÀ!
?
?
?
?
SALVÉRIUS + CAUVIN
24B

WOW! LES TUNIQUES BLEUES SONT LES BIENVENUES PARMI LES GUERRIERS COMANCHES!
OUAIS... MAIS DIS DONC, OEIL-DE-CYCLOPE, ÇA NE VA PLUS, MON VIEUX! NOUS NE SOMMES PAS VENUS ICI POUR RIGOLER! OÙ EST LE CHARIOT?
LE CHARIOT?
OUI! MON CHARIOT!
PFFUIIIT!
25A
COMMENT, PFFUIIIT!
QUE MOLLET-DE-CRICRI RACONTE CE QUI S'EST PASSÉ! LE FRONT D'OEIL-DE-CYCLOPE EST ROUGE DE HONTE!
EUH... HÉ BIEN, VOILÀ! LES APACHES, NOS ENNEMIS HÉRÉDITAIRES, NOUS SONT TOMBÉS DESSUS... HÉHÉ... ET APACHES PARTIS AVEC LE CHARIOT DE MUNITIONS!
NOOON! C'EST PAS VRAI?
SI!
HUM!... OEIL-DE-CYCLOPE A UNE PROPOSITION À FAIRE À LA TUNIQUE BLEUE!
LA TUNIQUE BLEUE EN A MARRE! MARRE!
ÉCOUTEZ-LE D'ABORD, SERGENT!
SALVÉRIUS + CAUVIN
25B

MES GUERRIERS ET MOI SAVONS OÙ SE TROUVENT LES APACHES, MAIS NOUS N'AVONS PLUS D'ARMES À FEU. LES TUNIQUES BLEUES ONT DES ARMES À FEU, MAIS IGNORENT OÙ SE TROUVENT LES APACHES...
ÇA VA, ÇA VA, ABRÈGE!
LES TUNIQUES BLEUES DEVRAIENT FAIRE ALLIANCE AVEC NOUS POUR REPRENDRE LE CHARIOT. NOUS PARTAGERIONS SON CONTENU!
QUOI? ÇA, JAMAIS! TU ENTENDS, JAMAIS!
SERGENT!
JA-MAIS!
ÉCOUTEZ-MOI! QUAND ON AURA REPRIS LE CHARIOT AUX APACHES, ON POURRAIT BZZ... BZZ...
JAM... MH? M'OUAIS... OUAIS... HÉ! HÉ!
OEIL-DE-CYCLOPE N'EST PAS UN SOT. QUAND IL AURA LE CHARIOT, IL PRENDRA LE SCALP DES TUNIQUES BLEUES!
HÉHÉ! MON FRÈRE A LA LANGUE DU SAGE!
26A
C'EST BON, TOPE-LÀ! J'ACCEPTE!
NOUS PARTIRONS SITÔT QUE NOUS AURONS FUMÉ LE CALUMET DE LA PAIX!
UNE HEURE PLUS TARD...
ÇA NE VA PAS ENCORE MIEUX, SERGENT?
COMMENT PEUVENT-ILS FUMER UNE SALOPERIE PAREILLE! BEUAH!
UGH! VOILÀ POIL-DE-SOURIS!
LES APACHES SONT DANS LA PLAINE!
IL VA FALLOIR JOUER SERRÉ!
SALVERIUS + CAUVIN
LES TUNIQUES BLEUES, C'EST POUR MAINTENANT?
NON! PAS ENCORE! PATIENCE!
26B

UN INSTANT PLUS TARD...
MAIS... ILS SONT TOUTE UNE TRIBU!
MON FRÈRE NE DOIT PAS AVOIR PEUR. JE SUIS AVEC LUI!
27A
NOUS ALLONS PROFITER DE L'EFFET DE SURPRISE POUR LEUR TOMBER DESSUS!
OEIL-DE-CYCLOPE AIME LES DÉCISIONS RAPIDES!
ALERTE! DES TUNIQUES BLEUES ET DES COMANCHES SE PRÉPARENT À NOUS ATTAQUER!
?
DONC, C'EST BIEN COMPRIS! OBJECTIF PRINCIPAL: LE CHARIOT, S'EN EMPARER À TOUT PRIX!
EN AVANT!!
SALVÉRIUS + CAUVIN
27B

YAYAYAYAAAAA!
?
HA HA HA HA HA HA HA
MAIS...
ET ALORS? QU'ATTENDEZ-VOUS POUR FONCER?
CE SONT LES COMANCHES, SERGENT!
ILS REFUSENT DE VOUS SUIVRE!
28A
POURQUOI TES GUERRIERS REFUSENT-ILS D'ATTAQUER?
EUX PAS FOUS! APACHES ARMÉS! NOUS PAS UN SEUL FUSIL!
ON PEUT LEUR PRÊTER LES NÔTRES, SERGENT! HÉ! HÉ!
TAIS-TOI, BLUTCH!
CEPENDANT, CHEZ LES APACHES...
MA VUE A FAIBLI DEPUIS PAS MAL DE LUNES! DIS-MOI, LOS PATATOS, QUE FONT NOS ENNEMIS?
ILS DISCUTENT!
...ET TU CROIS VRAIMENT QUE JE VAIS ATTAQUER CETTE BANDE DE ZÈBRES À MOI SEUL?
MAIS... LES TUNIQUES BLEUES SONT QUATRE!
?
DANS CE CAS, JE SAIS CE QU'IL ME RESTE À FAIRE!
OÙ VA DONC MON FRÈRE?
TON FRÈRE, IL VA FAIRE SAUTER LE CHARIOT!
SALVÉRIUS + CAUVIN
28B

ATTENDS ! J'AI UNE AUTRE IDÉE ! JE VAIS PROVOQUER LE CHEF APACHE EN COMBAT SINGULIER !
ŒIL-DE-CYCLOPE REMONTE DANS MON ESTIME ! O.K. ! J'ACCEPTE !
BIEN COMPRIS, HEIN ? PENDANT QUE CES DEUX RASTAQUOUÈRES SE BATTRONT, NOUS METTRONS LES BOUTS AVEC LE CHARIOT !
VOTRE MÈRE A MIS UN PETIT GÉNIE AU MONDE, SERGENT !
PEU APRÈS...
...ALORS, QU'EN PENSE LE CHEF DES APACHES ?
GÉROMINO EST TROP VIEUX POUR COMBATTRE. IL PRÉFÈRE QUE LE COMBAT SE FASSE ENTRE NOS DEUX MEILLEURS GUERRIERS. LE VAINQUEUR ET SA TRIBU REPARTIRONT AVEC LE CHARIOT !
29 A
BIEN ! QUEL SERA TON GUERRIER ?
PETIT-NUAGE-D'AVRIL !
GLOPS !
?
YÉYÉYÉ ! (RIRE ANIMAL)
ET LE TIEN ?
EUH... HM... QUI VEUT COMBATTRE... HO ?
PATACLOPATACLOPATACLOP
PATACLOPATACLOPATACLOPATACLOP
? ?
ALORS ?
SALVERIUS + CAUVIN
EUH... LUI !
HEIN ?
29 B

HÉ! DIS! HO! ÇA NE VA PAS?
TOCTOC
MON FRÈRE VOIT-IL QUELQU'UN D'AUTRE?
JE VAIS VOUS EN TROUVER UN, MOI, DE QUELQU'UN D'AUTRE! BLUTCH! TRIPPS! BRYAN! REVENEZ!
?
BANDE DE LÂCHEURS!
UNE HEURE PLUS TARD...
VOUS ME PAIEREZ ÇA, LÂCHES! DÉSERTEURS! AI-JE FUI, MOI?
ON NE VOUS LE REPROCHE PAS, SERGENT!
GROUILLEZ, SERGENT! ON VA ÊTRE EN RETARD.
SI, PAR HASARD, J'ÉTAIS BATTU, ARRANGEZ-VOUS POUR FAIRE SAUTER LE CHARIOT!
DANS CE CAS, VAUDRAIT MIEUX LE FAIRE SAUTER TOUT DE SUITE!
30A
CALMEZ-VOUS, SERGENT! GARDEZ VOS FORCES! VOUS EN AUREZ RUDEMENT BESOIN!
LA TUNIQUE BLEUE SE TROMPE! SON ADVERSAIRE EST ICI!
SALVÉRIUS + CAUVIN
30B

LE COMBAT PEUT COMMENCER!
CHOISISSEZ VOS ARMES!
PFFF PFFF
HOHOHOYÉYÉ YÉHÉHÉHÉ!
CELUI QUI SERA MORT OU BATTU VERRA SON CORPS JETÉ EN PÂTURE AUX COYOTES. QUE MANITOU VOUS PROTÈGE!
PAUVRES BÊTES!
NE VOUS EN FAITES PAS, SERGENT! IL FAIT CERTAINEMENT ÇA POUR ESSAYER DE VOUS IMPRESSIONNER!
AYAA
BOM
BOM
HAAAAA
ALLONS-Y, LES GARS! IL FAUT S'APPROCHER LE PLUS POSSIBLE DU CHARIOT!
CET INDIEN POUSSE DES CRIS HORRIBLES! INHUMAINS!
C'EST PAS L'INDIEN, SOT! C'EST LE SERGENT!
CHHHT! NOUS ARRIVONS!
HAAHOOORAAA
OAAAAHAAAAAAA

C'EST RATÉ!
OUI!
OUAAAAAAAAAAAAAAA
WOOOOOOOOOO
BROM
ÇA VA PLUTÔT MAL POUR NOUS!
IL N'Y A PAS QUE POUR NOUS! REGARDE OEIL-DE-CYCLOPE! SI LE SERGENT PERD, IL PERD AUSSI LE CHARIOT!
32A
HÉHÉYÉYOYOHA HAHÉHÉYÉYÉ!
?!
TOC
L'HALLALI A SONNÉ! C'EST LE MOMENT DE MOURIR COMME UN GRAND SOLDAT!
LA TUNIQUE BLEUE A LE DESSOUS! IL FAUT AGIR!
AVEC LA HACHE DE TÊTE-À-CLAQUES, CE SERA VITE FAIT!
CLONC
32B

MON FRÈRE A GAGNÉ!
OEIL-DE-CYCLOPE A TRICHÉ!
LES COMANCHES SONT TOUS DES TRICHEURS!
MOI, J'AI TRICHÉ?
OUI!
LES APACHES SONT TOUS DES MENTEURS!
RÉPÈTE!
MON FRÈRE VEUT UNE BAFFE?
TU N'OSERAIS P...
PAF
A MOI, MES BRAVES!
CLOP!
BON SANG! C'EST LA MÊLÉE GÉNÉRALE! ÉLOIGNONS-NOUS!
HÉ! REGARDEZ! LA SENTINELLE DESCEND SUR LE TERRAIN!
VITE, LES GARS! RÉCUPÉRONS NOS CHEVAUX ET LE SERGENT, LE CAS ÉCHÉANT, ET FILONS AVEC LE CHARIOT!
33A
OUF! JE M'EN SORS SANS UNE ÉGRATIGNURE! UNE VEINE!
CLOP
PAR ICI, SERGENT!
C'EST UNE CHANCE QUE CE N'EST QUE LE MANCHE QUI A TOUCHÉ VOTRE CABOCHE, HEIN, SERGENT!
YAAAAP
AMMUNITION
33B

YOP
?!
ALERTE! LES TUNIQUES BLEUES S'ÉCHAPPENT AVEC LE CHARIOT!
UGH! NOUS AVONS ÉTÉ ROULÉS COMME DE VULGAIRES PAPOOSES!
OEIL-DE-CYCLOPE ET GÉROMINO ONT L'AIR MALIN, À PRÉSENT!
J'AI UNE PROPOSITION À TE SOUMETTRE, MON FRÈRE!
JE T'ÉCOUTE!
34A
HAHAHA! JE VOUDRAIS VOIR LEUR TÊTE LORSQU'ILS S'APERCEVRONT DE LA DISPARITION DU CHARIOT!
MON FRÈRE NE REGRETTERA PAS NOTRE ALLIANCE!
LES APACHES SERONT FIERS DE COMBATTRE AUX CÔTÉS DES COMANCHES!
ET MAINTENANT, SUS AUX TUNIQUES BLEUES!
HÉ, SERGENT! SI VOUS VOULEZ VRAIMENT VOIR LEUR TÊTE, Y A JUSTE À VOUS RETOURNER!
YIIIIIIYAAAAAA
HAAAAAA!!!!!
HOULOULOULOU
HOUHOUYAAA
ILS SONT DÉJÀ LÀ! PLUS VITE, BRYAN, PLUS VITE!
LES CHEVAUX SONT À BOUT, SERGENT!
SALVÉRIUS + CAUVIN
34B

QU'EST-CE QUE VOUS DÉCIDEZ, SERGENT ?
JE RÉFLÉCHIS !
VOUS CROYEZ QUE C'EST BIEN LE MOMENT ? LE TEMPS QUE VOUS TROUVIEZ UNE IDÉE, ET NOUS SERONS TOUS MORTS DEPUIS LONGTEMPS !
ÇA Y EST ! ILS VEULENT NOUS ENCERCLER !
FONCEZ ! FONCEZ ! IL FAUT LES EMPÊCHER DE FERMER LE CERCLE !
35A
BLOBLOBLOBLO
U S
AMMUNITION
CRAïïïïC
HAAAAAAA
BRYAN !
35B

HIIIIIII
PAN PAN
DÉTELEZ LES CHEVAUX! FAITES LE CERCLE!
AVEC QUOI, SERGENT? NOUS N'AVONS QU'UN CHARIOT!
PAN
AMMUNITION
U S
TIREZ BRYAN SOUS LE CHARIOT! ILS N'OSERONT PAS NOUS CANARDER AVEC LEURS FUSILS, DE PEUR DE FAIRE SAUTER LE CHARGEMENT! ILS EN ONT TROP BESOIN!
PAN
U S
VOUS AVIEZ RAISON, SERGENT! ILS N'EMPLOIENT PAS LEURS FUSILS!
TCHAC
TCHAC
TCHAC
PAN
36A
HOUHOUYAAAAAA
YIIIAAAAA
HOULOU UOUUUUU
NAKALAPAH!
HOULOUOUU UUUU
UGH
ILS ARRÊTENT LE COMBAT!
NE VOUS FAITES PAS TROP D'ILLUSIONS, TRIPPS! DANS UN INSTANT, VOUS AUREZ UN GROS DOIGT À FORCE D'APPUYER SUR LA DÉTENTE DE VOTRE REVOLVER!
VOUS AVEZ APPUYÉ SUR QUOI POUR AVOIR UNE GROSSE TÊTE, SERGENT?
CAPORAL BLUTCH! CE N'EST PAS PARCE QUE NOUS SOMMES À DEUX DOIGTS DE LA MORT QU'IL FAUT ÊTRE GROSSIER!
PAN
ATTENTION! ILS REVIENNENT À LA CHARGE!
WOUHOUHOU
HAAAAAAA YAAAAAAA
HAAAAA YAHOUUUU...
SALVÉRIUS + CAUVIN
36B

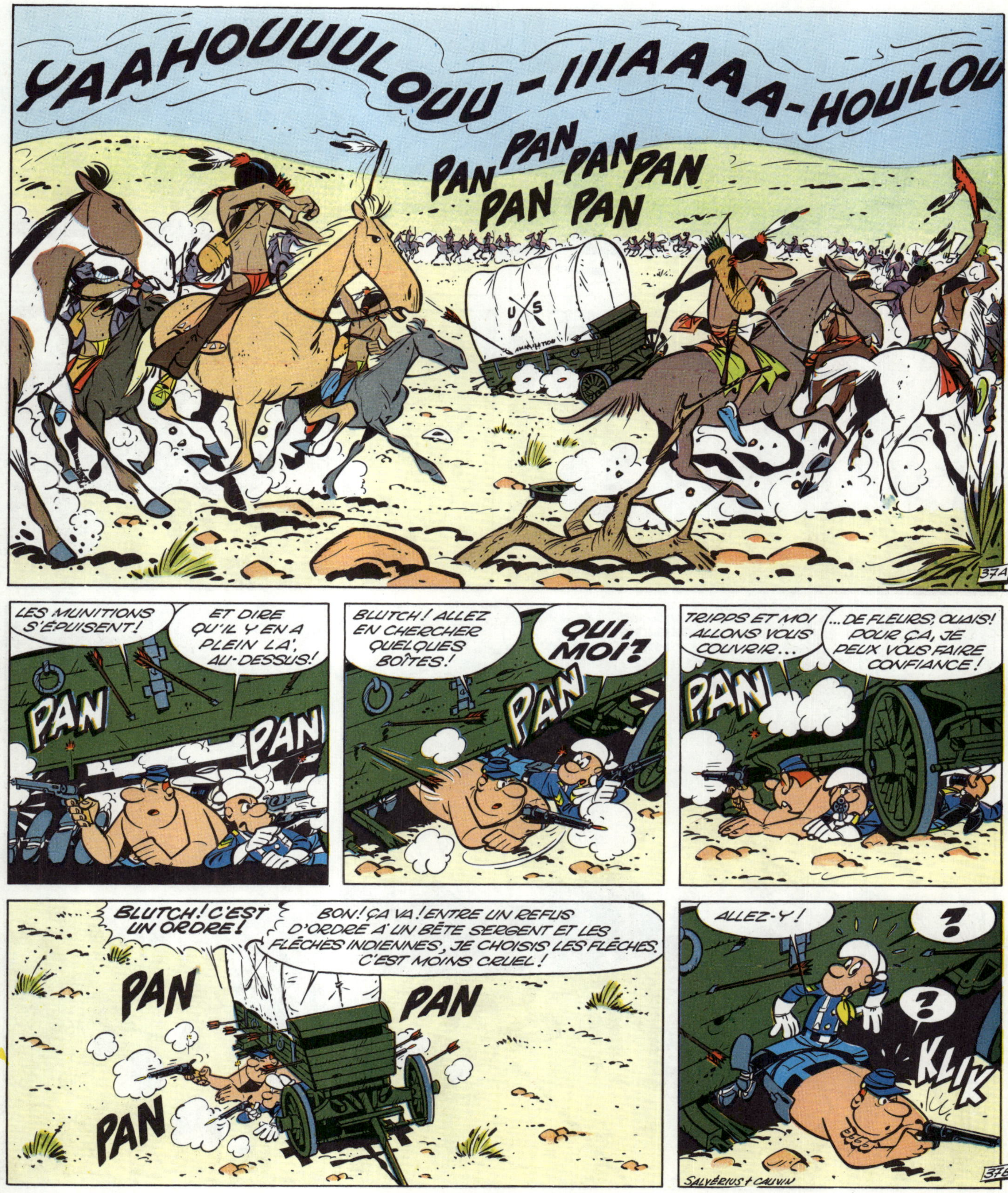
YAAHOUUULOUU - IIIAAAAA-HOULOU
PAN PAN PAN PAN PAN PAN
U S
37A
LES MUNITIONS S'ÉPUISENT!
ET DIRE QU'IL Y EN A PLEIN LÀ, AU-DESSUS!
PAN
PAN
BLUTCH! ALLEZ EN CHERCHER QUELQUES BOÎTES!
QUI, MOI?
PAN
TRIPPS ET MOI ALLONS VOUS COUVRIR...
...DE FLEURS, OUAIS! POUR ÇA, JE PEUX VOUS FAIRE CONFIANCE!
PAN
BLUTCH! C'EST UN ORDRE!
BON! ÇA VA! ENTRE UN REFUS D'ORDRE À UN BÊTE SERGENT ET LES FLÈCHES INDIENNES, JE CHOISIS LES FLÈCHES. C'EST MOINS CRUEL!
PAN
PAN
PAN
ALLEZ-Y!
?
?
KLIK
SALVÉRIUS + CAUVIN
37B

YAAHOU
BON SANG! CETTE FOIS, C'EST LA FIN!
VOUS APPELEZ ÇA ME COUVRIR ?
KLIK KLIK
AMMUNITION
SERGENT! JE N'AI PLUS DE MUNITIONS!
MESSIEURS, APPRÊTEZ-VOUS À MOURIR EN BRAVES! JE VAIS FAIRE SAUTER LE CHARIOT!
ENCORE? MAIS C'EST UN TIC!
AOUUU
SCRITCH
?
ADIEU, LES GARS! RENDEZ-VOUS AU PARADIS! ON VA FAIRE LE VOYAGE TOUS ENSEMBLE! HOPS!
HÉ BEN! ÇA VA ÊTRE GAI!
TATALATARITARATA
LA CAVALERIE!
SALVÉRIUS + CAUVIN

TATALATALATALILITALA-TATALATALIT
39A
ŒIL-DE-CYCLOPE A UNE FOLLE ENVIE DE FUIR !
ET GÉROMINO, UNE ATROCE ENVIE DE LE SUIVRE !
TATALATA
TATALATA
ON PEUT DIRE QUE LES COPAINS ARRIVENT À TEMPS, HEIN, BLUTCH !
ON PEUT LE DIRE ! LE PARADIS, AVEC VOUS, C'EÛT ÉTÉ UN VÉRITABLE ENFER !
PAN
KLOP
SERGENT ! VOUS VOUS ATTAQUEZ À LA CAVALERIE, À PRÉSENT ?
SALVÉRIUS + CAUVIN
39B

FAITES-MOI VOTRE RAPPORT, PLUTÔT QUE DE VOUS BATTRE COMME UN PROPRE-À-RIEN!
EUH... VOILÀ, MON COMMANDANT! SERGENT CORNÉLIUS CHESTERFIELD DU 22e RÉGIMENT DE CAVALERIE. NOUS AVONS PERDU UN CHARIOT DE MUNITIONS, MAIS NOUS EN AVONS RÉCUPÉRÉ UN AUTRE. MON EFFECTIF RESTE COMPLET, À PART LE CAVALIER BRYAN, QUI EST SOUS LE CHARIOT!
IL EST BLESSÉ OU... TUÉ?
JE NE SAIS PAS, MON COMMANDANT. JE... EUH... NOUS N'AVONS PAS ENCORE PU VÉRIFIER!
U S
AMMUNITION
AVANT DE VOUS QUERELLER, IL VAUDRAIT MIEUX VEILLER À LA SANTÉ DE VOS HOMMES!
MON COMMANDANT!
ON NE SE QUERELLAIT PAS, MON COMMANDANT. ON DISCUTAIT. HEIN, BLUTCH?
CLIC
HM... OUI, SERGENT.
40A
L'ENNEMI EST EN DÉROUTE! IL A FUI DANS LES MONTAGNES!
MERCI, LIEUTENANT! FAITES SONNER LE RASSEMBLEMENT. NOUS RENTRONS AU FORT!
LAISSEZ-MOI VOIR, VOUS AUTRES!
ALORS?
IL EST UN PEU SONNÉ, VOILÀ TOUT! J'AI PASSÉ MON BADGE DE SECOURISTE QUAND J'ÉTAIS GAMIN! VOUS POUVEZ ME FAIRE CONFIANCE, JE M'Y CONNAIS!
FARATARIIITARA
OUAAAAAAAAAA
ALLONS, MON VIEUX! DEB...?
LE MÉDECIN, VITE!
ÉPAULE DÉMISE, BLESSURE À LA TÊTE, POIGNET FOULÉ, QUELQUES CÔTES FÊLÉES. IL S'EN SORTIRA!
SI UN JOUR IL M'ARRIVAIT D'ÊTRE SOUFFRANT, JE VOUS INTERDIS DE M'APPROCHER. COMPRIS?
EUH... OUI, MON COMMANDANT!
40B

NÉANMOINS, JE DOIS RECONNAÎTRE QUE VOUS AVEZ MENÉ CETTE MISSION MIEUX QUE JE NE L'ESPÉRAIS...
HA?
...RENTRÉ AU FORT, VOUS SEREZ DÉCORÉ!
M...MERCI, MON COMMANDANT!
BEN? ET NOUS, ALORS?
LA COMPAGNIE EST AU COMPLET! NOUS ATTENDONS VOS ORDRES, MON COMMANDANT!
SITÔT LE CHARIOT RÉPARÉ, NOUS NOUS METTRONS EN ROUTE!
DÉCORÉ!
ET QUELQUES HEURES PLUS TARD...
COMPAGNIIIIIIIE... EN AVANT!
41A
À L'HEURE QU'IL EST, ON DÉCORE N'IMPORTE QUI!
VOUS ÊTES JALOUX, BLUTCH?
LE COMMANDANT A CHOISI LE PLUS BRAVE; JE N'Y PUIS RIEN. SI VOUS VOULEZ AUSSI UNE MÉDAILLE, ALLEZ LA LUI DEMANDER!
HO! ÇA VA! ÇA VA!
LE LENDEMAIN...
BONNE NOUVELLE, MISS! VOT' PAPA ET LES COPAINS SONT DE RETOUR! VENEZ VITE!
ENFIN!
SALVÉRIUS + CAUVIN
41B

BON SANG! LA FILLE DU COMMANDANT! BLUTCH, PRÊTEZ-MOI VOTRE TUNIQUE. NE DISCUTEZ PAS. C'EST UN ORDRE!
AMÉLIE!
PAPA!
AMÉLIE, POUR UNE FOIS, JE TIENS À TE PRÉSENTER UN HÉROS... SERGENT!
V... VOILÀ, MON CO... CO... MON COMMANDANT!
GRÂCE À LUI, NOUS AVONS MIS EN EN FUITE LES COMANCHES ET LES APACHES, ET AINSI RÉCUPÉRÉ NOTRE CHARIOT DE MUNITIONS!
CRAAAAAC
SERGENT, JE SUIS FIÈRE DE VOUS. J'ÉTAIS FOLLE D'INQUIÉTUDE!
42A
LE LENDEMAIN...
... ET QUE, GRÂCE À VOTRE COURAGE, VOTRE ABNÉGATION, NOUS SOMMES ASSURÉS, LONGTEMPS ENCORE, D'UNE PAIX DURABLE. CORNÉLIUS CHESTERFIELD, J'AI L'HONNEUR DE VOUS DÉCERNER LA SILVER STAR!
J'AI VÉCU TOUTE MA VIE POUR CETTE MINUTE.
BEN, ET NOUS, ALORS?
TAIS-TOI, BLUTCH.
42B
SALVERIUS + CAUVIN

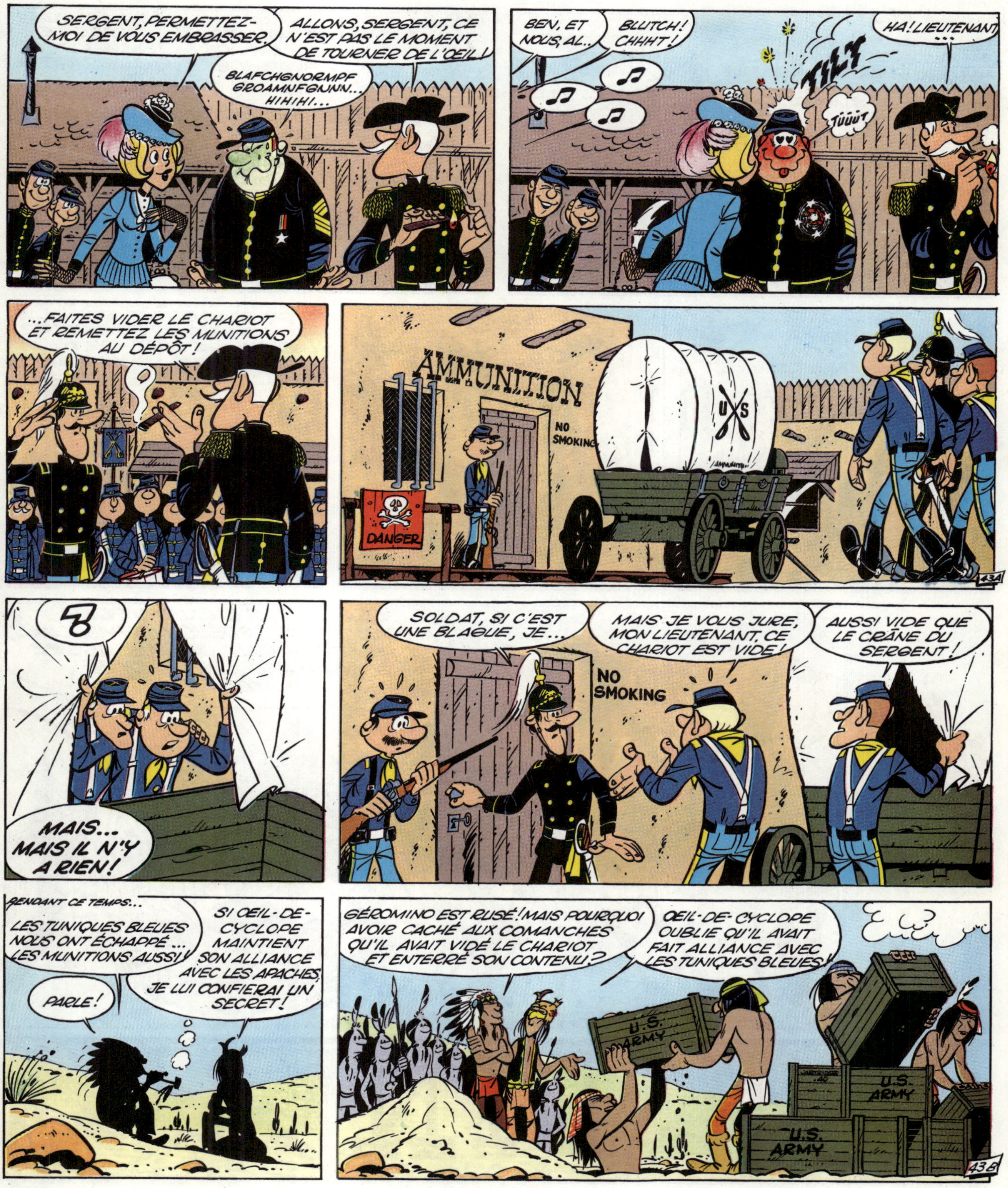
SERGENT, PERMETTEZ-MOI DE VOUS EMBRASSER.
ALLONS, SERGENT, CE N'EST PAS LE MOMENT DE TOURNER DE L'OEIL!
BLAFCHGNORMPF GROAMNFGNNN... HIHIHI...
BEN, ET NOUS, AL...
BLUTCH! CHHHT!
TILT
TÜÜÜT
HA! LIEUTENANT...
...FAITES VIDER LE CHARIOT ET REMETTEZ LES MUNITIONS AU DÉPÔT!
AMMUNITION
NO SMOKING
DANGER
U S
43A
MAIS... MAIS IL N'Y A RIEN!
SOLDAT, SI C'EST UNE BLAGUE, JE...
MAIS JE VOUS JURE, MON LIEUTENANT, CE CHARIOT EST VIDE!
AUSSI VIDE QUE LE CRÂNE DU SERGENT!
NO SMOKING
PENDANT CE TEMPS...
LES TUNIQUES BLEUES NOUS ONT ÉCHAPPÉ... LES MUNITIONS AUSSI!
SI OEIL-DE-CYCLOPE MAINTIENT SON ALLIANCE AVEC LES APACHES, JE LUI CONFIERAI UN SECRET!
PARLE!
GÉROMINO EST RUSÉ! MAIS POURQUOI AVOIR CACHÉ AUX COMANCHES QU'IL AVAIT VIDÉ LE CHARIOT ET ENTERRÉ SON CONTENU?
OEIL-DE-CYCLOPE OUBLIE QU'IL AVAIT FAIT ALLIANCE AVEC LES TUNIQUES BLEUES.
U.S. ARMY
U.S. ARMY
U.S. ARMY
43B

TANDIS QU'AU FORT...
VOUS RENDEZ-VOUS COMPTE QUE PAR VOTRE NÉGLIGENCE, LES DEUX TRIBUS RÉUNIES VONT NOUS TOMBER DESSUS ! IL Y AURA DES TUÉS ! MA FILLE, PEUT-ÊTRE !
JE... JE LUI FERAI UN REMPART DE MON CORPS !
TÂCHEZ PLUTÔT D'EN FAIRE UN POUR TOUS VOS CAMARADES ! DIEU MERCI, JE SUIS ENCORE CAPABLE DE LA PROTÉGER !
J'AI COMPRIS ! PUISSE LE SACRIFICE DE MA VIE RACHETER TOUTES MES ERREURS !
BRYAN, MON VIEUX ! TU NE SAIS PAS LA CHANCE QU'ON A DE SE RETROUVER À L'INFIRMERIE. ÇA CHAUFFE DRÔLEMENT SUR LES PALISSADES !
TA BLESSURE, BLUTCH, C'EST D'UNE BALLE ?
NON, DU SERGENT ! JE N'AI PAS PU M'EMPÊCHER DE RIGOLER LORSQUE J'AI ENTENDU LE COMMANDANT LUI HURLER :
SERGENT ! S'IL EXISTAIT DES MÉDAILLES ACCORDÉES AUX IMBÉCILES, IL N'Y EN AURAIT JAMAIS ASSEZ POUR EN RECOUVRIR VOTRE POITRINE !
PAN
PAN PAW
PAN PAW
FIN

ARCHIE CASH
malik · brouyère

1. Le Maître de l'Epouvante
2. Le Carnaval des Zombies
3. Le Déserteur de Toro-Toro
4. Un Train d'enfer

ATTILA
derib · rosy

4. La merveilleuse Surprise d'Odée

BUCK DANNY
charlier · hubinon

1. Le Japs attaquent
2. Les Mystères de Midway
3. La Revanche des Fils du Ciel
4. Les Tigres Volants
5. Dans les Griffes du Dragon Noir
6. Attaque en Birmanie
7. Les Trafiquants de la Mer Rouge
8. Les Pirates du Désert
9. Les Gangsters du Pétrole
10. Pilotes d'Essai
11. Ciel de Corée
12. Avions sans Pilotes
13. Un Avion n'est pas rentré
14. Patrouille à l'Aube
15. NC 22654 ne répond plus
16. Menace au Nord
17. Buck Danny contre Lady X
18. Alerte en Malaisie
19. Le Tigre de Malaisie
20. S.O.S. Soucoupes Volantes
21. Un Prototype a disparu
22. Top Secret
23. Mission vers la Vallée Perdue
24. Prototype FX 13
25. Escadrille ZZ
26. Le Retour des Tigres Volants
27. Les Tigres Volants à la rescousse
28. Tigres Volants contre Pirates
29. Opération Mercury
30. Les Voleurs de Satellites
31. X-15
32. Alerte à Cap Kennedy
33. Le Mystère des Avions Fantômes
34. Alerte atomique
35. L'Escadrille de la Mort
36. Les Anges Bleus
37. Le Pilote au Masque de Cuir
38. La Vallée de la Mort verte

Tarawa, Atoll sanglant, 1re partie
Tarawa, Atoll sanglant, 2e partie

DON BOSCO
jijé

BENOIT BRISEFER
peyo

1. Les Taxis Rouges
2. Madame Adolphine
3. Les Douze Travaux de Benoît Brisefer
4. Tonton Placide
5. Le Cirque Bodoni
6. Lady d'Olphine

BOULE et BILL
roba

60 Gags de Boule et Bill 1
60 Gags de Boule et Bill 2
60 Gags de Boule et Bill 3
60 Gags de Boule et Bill 4
60 Gags de Boule et Bill 5
60 Gags de Boule et Bill 6
60 Gags de Boule et Bill 7
8. Papa, Maman, Boule... et moi
9. Une Vie de Chien
10. Attention, Chien marrant !
11. Jeux de Bill
12. Ce Coquin de Cocker
13. Carnet de Bill

la patrouille des CASTORS
mitacq - charlier

1. Le Mystère de Grosbois
2. Le Disparu de Ker-Aven
3. L'Inconnu de la Villa Mystère
4. Sur la Piste de Mowgli
5. La Bouteille à la Mer
6. Le Trophée de Rochecombe
7. Le Secret des Monts Tabou
8. Le Hameau englouti
9. Le Traître sans Visage
10. Le Signe indien
11. Les Loups Ecarlates
12. Menace en Camargue
13. La Couronne cachée
14. Le Chaudron du Diable
15. L'Autobus hanté
16. Le Fantôme
17. Le Pays de la Mort
18. Les Démons de la Nuit
19. Vingt Milliards sous la Terre

CESAR
tillieux

3. Quel Métier
4. Au fil des (mauvais) Jours

M. Rectitude et GÉNIAL OLIVIER
devos

1. L'Ecole en folie
2. Le Génie et sa Génération
3. Génie, vidi, vici

GASTON
franquin

R1 Gala de Gaffes à Gogo
R2 Le Bureau des Gaffes en Gros
R3 Gare aux Gaffes du Gars gonflé
R4 En direct de la Gaffe
6. Des Gaffes et des Dégâts
7. Un Gaffeur sachant gaffer
8. Lagaffe nous gâte
9. Le Cas Lagaffe
10. Le Géant de la Gaffe
11. Gaffes, Bévues et Boulettes
12. Le Gang des Gaffeurs

GIL JOURDAN
tillieux

1. Libellule s'évade
2. Popaïne et Vieux Tableaux
3. La Voiture immergée
4. Les Cargos du Crépuscule
5. L'Enfer de Xique-Xique
6. Surboum sur 4 Roues
7. Les Moines Rouges
8. Les 3 Taches
9. Le Gant à 3 Doigts
10. Le Chinois à 2 Roues
11. Chaud et Froid
12. Pâtée explosive
13. Carats en vrac
14. Gil Jourdan et les Fantômes
15. Sur la Piste d'un 33 Tours

L'HISTOIRE en bandes dessinées

1. L'Epopée sanglante du Far West
2. Les Mystérieux Chevaliers de l'Air
3. Incroyables Aventures d'Animaux
4. L'Enfer sur Mer
5. Les Aventuriers du Ciel

HULTRASSON
vittorio · tillieux

4. L'Eau de Politesse

JERRY SPRING
jijé

1. Le Duel
2. Les Vengeurs du Sonora
3. L'Or de personne
4. Jerry contre KKK

JESS LONG
piroton · tillieux

1. Le Bouddha écarlate
et Les Nouveaux Négriers

JOHAN et PIRLOUIT
peyo

1. Le Châtiment de Basenhau
2. Le Maître de Roucybeuf
3. Le Lutin du Bois aux Roches
4. La Pierre de Lune
5. Le Serment des Vikings
6. La Source des Dieux
7. La Flèche Noire
8. Le Sire de Montrésor
9. La Flûte à Six Schtroumpfs
10. La Guerre des 7 Fontaines
11. L'Anneau des Castellac
12. Le Pays Maudit
13. Le Sortilège de Maltrochu

KHÉNA et le SCRAMEUSTACHE
gos

1. L'Héritier de l'Inca
2. Le Magicien de la Grande Ourse
3. Le Continent des deux Lunes

les KROSTONS
deliège

1. Balade pour un Kroston

LUCKY LUKE
morris

1. La Mine d'Or de Dick Digger
2. Rodéo
3. Arizona
4. Sous le Ciel de l'Ouest
5. Lucky Luke contre Pat Poker
6. Hors-la-Loi
7. L'Elixir du Docteur Doxey
8. Lucky Luke contre Phil Defer
9. Des Rails sur la Prairie
10. Alerte aux Pieds Bleus
11. Lucky Luke contre Joss Jamon
12. Les Cousins Dalton
13. Le Juge
14. Ruée sur l'Oklahoma
15. L'Evasion des Dalton
16. En remontant le Mississippi
17. Sur la Piste des Dalton
18. A l'Ombre des Derricks
19. Les Rivaux de Painful-Gulch
20. Billy The Kid
21. Les Collines noires
22. Les Dalton dans le Blizzard
23. Les Dalton courent toujours
24. La Caravane
25. La Ville Fantôme
26. Les Dalton se rachètent
27. Le 20ᵉ de Cavalerie
28. L'Escorte
29. Des Barbelés sur la Prairie
30. Calamity Jane
31. Tortillas pour les Dalton

MARC LEBUT
francis · tillieux

7. La Ford T en Vadrouille
8. Ford T antipollution
9. La Ford T en vacances
10. Gags en Ford T

NATACHA
walthéry

1. Natacha, Hôtesse de l'Air
2. Natacha et le Maharadjah
3. La Mémoire de Métal
4. Un Trône pour Natacha
5. Natacha, Double Vol

PAUL FORAN
gil · montero

1. Chantage à la Terre

les PETITS HOMMES
seron · hao

1. L'Exode
2. Des Petits Hommes au Brontoxique
3. Les Guerriers du Passé
4. Le Lac de l'Auto
5. L'Œil du Cyclope

POUSSY
peyo

1. Ça, c'est Poussy
2. Faut pas Poussy
3. Poussy Poussa

SAMMY
berck · cauvin

1. Bons Vieux pour les Gorilles
et Robos pour les Gorilles
2. Rhum Row
3. El Presidente
4. Les Gorilles marquent des Poings
et Gorilles et Spaghetti
5. Le Gorille à huit Pattes
6. Les Gorilles font les Fous
7. Les Gorilles au Pensionnat

les SCHTROUMPFS
peyo

1. Les Schtroumpfs Noirs
2. Le Schtroumpfissime
3. La Schtroumpfette
4. L'Œuf et les Schtroumpfs
5. Les Schtroumpfs et le Cracoucass
6. Le Cosmoschtroumpf
7. L'Apprenti Schtroumpf
8. Histoires de Schtroumpfs
9. Schtroumpf vert et Vert Schtroumpf
10. La Soupe aux Schtroumpfs

SIBYLLINE
macherot

3. Sibylline et les Abeilles
4. Sibylline et le petit Cirque
5. Sibylline s'envole

SOPHIE
jidéhem

8. Les Bonheurs de Sophie (2ᵉ série)
9. Sophie et la Tiare de Matlotl Halatomatl
10. Sophie et le Douanier Rousseau
11. Sophie et le Souffle du Dragon

les aventures de SPIROU
franquin

1. Quatre Aventures de Spirou et Fantasio
2. Il y a un Sorcier à Champignac
3. Les Chapeaux Noirs
4. Spirou et les Héritiers
5. Les Voleurs du Marsupilami
6. La Corne de Rhinocéros
7. Le Dictateur et le Champignon
8. La Mauvaise Tête
9. Le Repaire de la Murène
10. Les Pirates du Silence
11. Le Gorille a bonne mine
12. Le Nid des Marsupilamis
13. Le Voyageur du Mésozoïque
14. Le Prisonnier du Bouddha
15. Z comme Zorglub
16. L'Ombre du « Z »
17. Spirou et les Hommes-Bulles
18. QRN sur Bretzelburg
19. Panade à Champignac
24. Tembo Tabou

Péchés de Jeunesse N. 1 L'Héritage
Péchés de Jeunesse N. 2 Radar le Robot

fournier

20. Le Faiseur d'Or
21. Du Glucose pour Noémie
22. L'Abbaye truquée
23. Toratorapa
25. Le Gri-Gri du Niokolo-Koba
26. Du Cidre pour les Etoiles

TIF et TONDU
will · rosy

4. Tif et Tondu contre la Main Blanche
5. Le Retour de Choc
6. Passez Muscade
7. Plein Gaz
8. La Villa du Long-Cri
9. Choc au Louvre
10. Les Flèches de nulle part
11. La Poupée ridicule
12. Le Réveil de Toar
13. Le Grand Combat
14. La Matière verte

will · tillieux

20. Les Ressuscités
21. Le Scaphandrier mort
22. Un Plan démoniaque
23. Tif et Tondu à New York
24. Aventure Birmane

les TUNIQUES BLEUES
salverius · cauvin

1. Un Chariot dans l'Ouest
2. Du Nord au Sud
3. Et pour 1.500 $ en plus
4. Outlaw
9. La Grande Patrouille
10. Des Bleus et des Tuniques

lambil · cauvin

5. Les Déserteurs.
6. La Prison de Robertsonville
7. Les Bleus de la Marine
8. Les Cavaliers du Ciel

VIEUX NICK
remacle

5. Les Mutinés de la « Sémillante »
17. Barbe-Noire joue et perd
18. Le Feu de la Colère
19. Sous la Griffe de Lucifer
20. Les Nouvelles Mésaventures de Barbe-Noire

YOKO TSUNO
leloup

1. Le Trio de l'Etrange
2. L'Orgue du Diable
3. La Forge de Vulcain
4. Aventures électroniques
5. Message pour l'Eternité
6. Les 3 Soleils de Vinéa